횡단보도에서 수호천사를 만나 사랑에 빠진 이야기

이희주 소설

횡단보도에서 수호천사를
만나 사랑에 빠진 이야기

차례

횡단보도에서 수호천사를 만나 사랑에 빠진 이야기   7

작업 일기: 로맨스를 쓰시겠어요?   75

횡단보도에서 수호천사를
만나 사랑에 빠진 이야기

누나에게

　벌써 5월도 끝을 향해 가네요. 연약한 초록이 무성해지는 계절. 도쿄의 봄은 노란 고양이를 닮았습니다. 날카로운 발톱을 세우며 지나가려는 계절을 붙잡으려고 하지만 기세 좋게 밀려오는 여름을 막을 수는 없습니다. 오늘 아침 방송에서도 열사병에 주의하라더군요. 그러나 짐만 될 걸 알면서 아직은 일교차가 크다고 외투를 집어 든 건 다른 누가 아닌 스스로가 봄을 떠나보내기 아쉬워하고 있기 때문인지 모르겠습니다.

여름이 가장 좋은 계절이라고 누나는 말했지요. 해가 길어진 만큼 시간을 버는 기분이라 좋다고. 교토 사람이 여름을 사랑한다는 건 고통을 사랑한다는 것과 같은 말인데. 그걸 증명하듯 누나는 이런 날씨일수록 품위를 지키라는 엄마의 말을 순종적으로 따랐습니다. 찜통 같은 8월의 더위에도 허리를 꼿꼿이 세우고 앉았습니다. 기껏해야 동그랗게 젖은 겨드랑이에 부채질을 할 뿐인 아이. 콧등에 주근깨처럼 맺힌 땀을 문지르는 게 전부였던 아이. 그런 누나를 떠올리면 우리가 한배에서 나온 사실이 신기하기도 하고, 무섭기도 하고.

자전거를 타던 일 기억하세요? 매일 아침 식구들 먹을 달걀을 사러 갔었잖아요. 해가 뜰 무렵 새벽빛을 받은 창백한 유리창과 부지런히 젖빛 입김을 내뱉으며 아침 운동을 하는 사람들을 제치고 호즈강 변을 따라 달리면 조그만 벌레들이 빛처럼 달라붙었습니다. 내가 인상을 찌푸리고 퉤퉤, 침 뱉는 시늉을 하면 누나는 소우 짱이 백 배는 커, 라며 내 얼굴을 아무렇지 않게 털어냈는데. 다정한 건지, 무심한 건지 헷갈리는 그 손길에 안심이 되곤 했습니다. 그렇게 얻은 따끈한 알로 만든 아침 식사는 왜 그렇게 맛있었을까. 흰 쌀밥에 된장국, 샐러드, 오렌지처럼 샛노란 노른자가 찰랑거리는 서니사이드업과 햄 몇 장을 우걱우걱 삼키다가 한 그릇 더! 소우 짱은 2미터까지 클 거니까, 라고 자신만만하게 외치면 웃음을 터뜨리던 누나의 얼굴. 왜 내가 한 음식에선 그 맛이 안 날까요? 역시 도쿄의 물이 나쁜 탓일까? 그래도 저는 잘 지내고 있어요, 누나. 너무 걱정은 마세요.

*

　누나가 기억하는 처음은 언제예요? 아, 말을 고칠게요. 누나에게 중요한 첫 순간은 언제인가요? 저는 다섯 살 때…… 예. 큰 지진이 일어난 그날이요. 그런데 정말 기억하는 게 맞나 싶네. 딱 한 장뿐인 선명한 인상으로 그날의 일들을 떠올리자니 가느다란 실 하나로 물고기를 낚은 기분입니다. 그래놓고서 물고기가 아닌 바다를 낚았다고 우기는 기분이지만, 그래도 용기 내어 이야기해보겠습니다.

　지진이구나. 생각할 틈도 없이 굳은 나를 누나가 끌어안았고 모든 것이 흔들렸습니다. 삐, 하고 길게 이어지는 이명. 종이 뱀처럼 구겨진 도로. 젖은 골판지처럼 너덜너덜해진 마을의 풍경은 나중에 미디어를 통해 학습한 거고 옥상에서 떨어진 사람의 만(卍) 모양으로 뒤틀린 팔다리, 그리고 누나의 노란 티셔츠에 묻은 추락한 사람의 핏자국을 케첩 얼룩 같다고 느낀 것이 그날 기억의 전부입니다. 엄마 아빠는 무척 놀라셨어요. 우리의 어딘가에 금이 갔을까 두려워하셨죠. 걱정과는 달리 한동안은 괜찮았습니다만, 누나도 아는 것처럼 잠깐의 안심이 무색하게 얼마 뒤 내게 '그것'들이 보이기 시작했습니다.

처음 그것을 본 건 집 근처 어린이공원에서였습니다. 보도블록 위에 농구공 모양의 열쇠고리가 떨어져 있어 주웠습니다. 주위를 둘러보니 고등학생쯤 되어 보이는 남자가 있어 이거 떨어졌어요, 라며 손을 내밀었는데, 남자는 대꾸도 없이 눈을 가늘게 홉뜨더니 공원 밖으로 걸어 나갔습니다. 민망함에 멍청히 등을 보고 있는데, 근처 편의점에 물류를 배송하던 커다란 트럭이 그 남자를 머뭇거림 없이 치었습니다. 놀라 비명을 꽥 하고 질렀어요. 그러나 무슨 일이냐며 다가온 엄마 앞에서 차마 입을 뗄 수 없었던 건 분명 박살이 났어야 할 남자가 내 앞에 그대로 서 있기 때문이었습니다. 남자는 무슨 일이 벌어진 건지 스스로도 알지 못하겠다는 어리둥절한 표정으로 다시 공원 밖으로 향했습니다. 나가려다가 실패하고, 또 실패하고…… 반복하는 그의 뒤통수에서 검붉은 뇌수가 질질 흐르고 있었습니다.

그런 일이…… 무자비할 정도로 반복되었습니다. 이웃한 담벼락의 푸른색 수국 사이로 잘린 머리통이 쑥 하고 고개를 내밀었습니다. 두 주택 사이의 응달진 곳, 곰팡내를 풍기는 이끼 낀 좁은 골목 사이에 쪼그려 앉은 어린애의 코에서 핑크색 젤리 같은 게 뚝뚝 떨어져 망울망울 웅덩이를 이뤘습니다. 유령은 창백한 그림자라고 하지만 그들은 달랐어요. 적어도 보라색 안개를 뚫고 내 방 창에 손자국을 남길 수 있는 정도의 존재감은 있는 탓에 한동안 통원 치료가 필요했죠. 애들은 그럴 수가 있

어요…… 자라면서 나아질 겁니다……. 엄마 아빠는 의사의 조언을 철석같이 믿었습니다. 소우는 나아질 수 있어. 치료받으면 정상으로 돌아올 거야. 그 말을 하며 빛나던 눈동자. 때때로 흔들리던 믿음이 현실이 된 건 내가 자란 덕이 아닌 멀쩡한 척을 하는 데 익숙해졌기 때문이었고요.

그런 상황에서 오로지 누나만은 제가 여전히 그것들을 본다는 사실을 알고 있었습니다. 한밤중 목이 말라 내려간 부엌에서 꼼짝 못 한 채 얼어 있으면 나를 감싸주었습니다. 소우. 또 그걸 보고 있는 거야? 괜찮아. 다 괜찮아. 겁을 먹어 웅크린 탓에 과일처럼 둥글어진 내 등뼈를 누나는 조용히 쓸어주었습니다. 두 팔의 뜨거움. 자다 깬 누나의 달큼한 입김. 땀에 젖은 누나의 머리카락이 내 뺨에 붙어 방으로 따라 들어오면 그제야 나는 그걸 밧줄처럼 잡고 겨우 무서운 꿈으로 끌려 들어가지 않을 수 있었습니다. 아, 누나. 누나가 없었다면 나는 얼마나 많은 밤을 불면으로 새웠을까요? 그때는 나 혼자의 서러움에 빠져 몰랐는데 이젠 신기하기만 해요. 누나. 누나는 어떻게 그럴 수 있었어요? 어떻게 안기는 사람이 아닌 안아주는 사람이 될 수 있었어요? 누나도 어린애였는데. 고작 나보다 세 시간 먼저 태어난 아이였는데 말이에요.

내가 보는 세상이 의심투성이라는 점에는 변함이 없었습니다. 무엇이 나에게만 보이는지 알 수 없었으므로 실수하지 않기 위해서라도 말수가 줄었습니다. 그래도 중학생 때까진 친구 사귀는 데 어려움은 없었습니다. 고등학생 때 그 사건이 일어난 뒤론 모두와 멀어져 졸업식에선 사진 찍을 사람 하나 없게 되었지만요.

…….

아뇨, 지금 와서 이런 고백을 하는 건 어리광을 부리는 게 아니라 누나에게 솔직해지고 싶어서입니다. 왜냐면 누나, 나…… 좋아하는 사람이 생겼거든요. 깜짝 놀랐나요? 누나는 언제, 어디에 있든 나의 가장 소중한 친구니까 처음 고백한다면 누나라는 생각이 들었어요. 그리고 내가 누나의 첫사랑을 아는 것처럼, 누나에게 이 말을 함으로써 저울을 공평하게 하고 싶었어요.

누나, 보아요. 나의 비밀을 얹어둘게요. 이제 무게가 같아졌으니 아무것도 계산하지 않고 이야기할게요.

그 애와는 지난달에 만났습니다. 벚꽃 봉오리가 막 올라오던 날이었어요. 새벽까지 내리던 비가 개어 공기가 유난히 맑고 깨끗해서 수업 내내 창밖을 바라보는데 이상하게 가슴이 뛰었어요. 꼭 무슨 일이 일어날 것만 같은 예감. 나무토막 같은 나루세가 들뜨는 일은 드문데 금요일이어서 그런가? 그렇다고 내일이 휴일인 걸 핑계 삼아 밤늦도록 어울릴 사람도, 가고 싶은 장소도 없었기에 여느 때처럼 혼자 도서관에서 얼쩡대다 집으로 향했습니다. 저녁으로 먹을 애플파이를 사고, 냉장고에 녹차가 남았던가…… 기억을 되짚으며 횡단보도 앞에 서서 신호를 기다리는데,

 퍽.

 바람이 불고, 차 한 대가 인도를 들이받았습니다. 순식간에 공기가 뒤바뀌었습니다. 무섭도록 부드러운 봄바람에 비명 소리가 뒤섞여 들리고 타이어 고무 타는 냄새가 났습니다. 그건 여든을 넘은 고령의 운전자가 만 한 살도 되지 않은 유아와 보호자를 치어 죽인 사건으로 저녁 뉴스에서 밝혀지며 화제가 됩니다만, 현장에서 나는 그저 사고가 일어났다는 사실만으로 굳었습니다. 내가 도쿄까지 도망쳐 온 이유, 교토에서는 뗄 수 없던 꼬리표가 떠올랐기 때문이에요. 죽음을 부르는 *나루세 군*……. 발밑에서 어두운 뿌리가 뻗어나갔습니다. 내 의지와는 상관없이, 뱀처럼 굵은 줄기들이 사람

들의 발목을 붙잡고 끌어당겼습니다. 사거리의 소음. 클랙슨. 압도하는 핏빛 하늘. 네 탓이다. 네 탓이야, 라고 귓속의 벌레들이 소란스레 날갯짓했습니다. 나는 천천히 바닥으로 가라앉았습니다. 뻘 같은 불행 속으로 돌이킬 수 없이 깊게 잠기려는 찰나, 낯선 목소리가 내 귀를 잡아챘습니다.

"우와, 최악이다. 이런 만남은 싫은데."

그렇게 말한 건 얼핏 내 또래 같은 남자아이였습니다. '얼핏 또래 같은 남자아이'라니. 이상한 표현이라고 생각할지 모르지만 그렇게밖에 설명할 수 없습니다. 깊고 차가운 강바닥의 조약돌을 닮은 흰 얼굴. 덜 익은 열매처럼 단단한 이마와 여름 뙤약볕에 익어 터져버린 것 같은 붉은 두 뺨. 나도 가끔은 중학생이냐고 오해받지만 단순히 어려 보이는 것과는 달랐어요. 뭐랄까, 바니타스 회화 속 죽음을 앞둔 노인과 아기 천사가 한 몸에 공존한다면 믿으시겠어요? 빗방울처럼, 총탄처럼 사방에서 뚝

뚝 떨어지는 세월에 한 방울도 젖지 않은 그 모습은 열일곱 살로도 천칠백 살로도 보였습니다만, 기이한 인상보다 내 눈을 사로잡은 건 그 애의 발이었습니다. 창백한 맨발이 허공에 3센티 정도 둥둥 떠 있었거든요.

머리 위에서 예의 낯선 목소리가 들렸습니다.

"요즘 사람들은 발을 잘 안 보는데."

좁은 거리감에 흠칫 놀라 고개를 들었다가 눈이 마주쳤습니다. 검은 눈. 빽빽한 속눈썹 사이로 자리 잡은 동그란 우물 같은 눈동자가 바닥없는 것처럼 깊었습니다.

"발을 보는 건 딱 두 사람이지. 신발을 새로 산 사람이랑 신발을 새로 사야 하는 사람."

"……."

"너는 둘 다 아니네."

빙긋 웃으며 하는 소리에 오싹하고 소름이 돋았습니다. 이 애는 그것이다. 모르는 척해야 했는데 보아버렸구나. 늦었지만 눈동자의 초점을 흐리고, 사고 현장에 모여드는 사람들을 거슬러 굴다리로 들어갔습니다. 등 뒤에서 쫓아오는 목소리가 왕왕 울렸습니다.

"이봐."

"……."

"봤는데 모르는 척하는 건 실례지."

"……."

"에, 어디 보자. 나루세 군? 아오이?"

반사적으로 뒤를 돈 건 누나의 이름이 불렸기 때문이었습니다. 울컥, 나답지 않은 용기가 뱃속에서 터져 나왔습니다.

"남의 이름을 함부로 부르지 마."

"미안, 미안."

그것은 넉살 좋게 웃으며 말을 돌렸습니다.

"그나저나 너 혼자 살지? 나 오늘 잘 곳이 필요한데."

예상치 못한 말에 어리둥절해 있는 사이 그것이 뻔뻔하다고까지 할 수 있는 느긋한 태도로 말했습니다.

"아니, 일교차가 크잖아. 감기 걸리고 싶진 않아서."

감기에 걸리는 괴이라니. 들어본 적 없는 황당한 이야기지만 더 황당했던 건 나의 반응이었습니다. 모르는 척할 수도 있었을 텐데, 뭐랄까, 그것이 너무 당연하게 말을 붙인 바람에 그래, 가자 하고 우리 집으로 초대해버린 거지요. 말을 뱉고서 어리석은 스스로에게 뜨악했습니다. 아무리 거절을 못해도 그렇지…….

집에 들어가자마자 습관처럼 티브이를 틀었습니다. 평소 이 시간에 하던 정규 프로그램 대신 방금 전 교통사고가 속보로 흘러나오고 있었습니다. 이때 처음 사건 정황을 알게 되었어요. 어른 하나, 유아 하나가 그 자리에서 사망했다는 자막을 보자

퍽 하고 껍질이 단단한 과일이 으깨지는 듯한 소음이 재생되고, 역한 피비린내가 갈고리처럼 코를 꿰었습니다. 거대한 생선 배 속에 머리통을 집어넣은 기분. 메스꺼워서 화장실로 뛰어 들어가는데 그것이 문가에 따라와 섰습니다.

"괜찮아? 나루세 군. 등 못 두들겨줘서 미안."

그리고선 한다는 말이,

"내 손이 네 배를 통과하는 걸 보고 싶다면 해줄 수야 있지만 지금은 서커스 할 때가 아닌 거 같네."

농담 따먹기나 하는 그것에게 갑자기 분노가 치솟아, 나는 침과 눈물을 변기에 뚝뚝 흘리며 물었습니다.

"최악이라니 그게 무슨 소리야?"

"응?"

"아까 거기서 그랬잖아. 최악이라고. 그 사고, 네가 일으킨 거야?"

"그런 오해를 산 거야? 나, 그렇게 심술궂진 않은데."

충분한 대답은 아니었지요. 눈에 눈물이 가득 고인 채 죽어라 노려보는 나를 그것이 빤히 보았습니다. 장난이 아니라는 걸 알았는지 자세를 고쳐 혼나는 어린애처럼 얌전히 두 손을 모았습니다.

"정말 알고 싶어?"

"……."

"내일 따라오면 보여줄게."

그렇게 말하며 웃는 그것의 속을 알 수가 없었습니다. 한 박자 늦게 그것을 초대한 것이 큰 잘못은 아니었을까, 싶어 겁이 났습니다. 겉보기엔 착한 남자아이 같아도 그 속에 뭐가 들어 있는지 알 수 없다고요.

오싹 돋은 소름을 문지르며 침대에 숨듯이 기어들어갔습니다. 일단 오늘은 두고, 내일 무슨 일인지 확인한 다음 내쫓자. 그렇게 마음먹고 이불을 머리

꼭대기까지 뒤집어썼습니다. 벌써 자려고? 물음에 대꾸하지 않고 잠든 체하자 그것이 허락을 구하는 꼴로 천천히 발치에 눕는 게 느껴졌습니다. 힐끗 보니 몸을 동그랗게 말고 눈을 감는 모습이 커다란 개 같아, 나는 저런 거 키운 적 없는데 투덜대다가 새벽이 되어서야 까무룩 잠이 들었습니다.

*

 다음 날 눈을 떴을 때도 그것은 여전히 내 방에 있었습니다. 그것이 인간이 아니라는 걸 알고 있음에도 늘 혼자이던 자취방에 누군가와 함께 있자니 기분이 묘하더군요. 어제의 일도 있어 무시하려다 2인분의 아침 식사를 차렸습니다.
 "와서 먹어."
 무심한 척 던진 말에 그것은 잠시 놀란 눈치더니 금세 화색이 되어 둥둥 날아왔습니다.

"와, 따뜻한 음식이다."

"먹을 순 있어?"

내가 차려놓고 참 우스운 질문이라고 생각하는데 그것은 성의껏 대답했습니다.

"기운을 먹는 거야. 흠향한다고 하나."

그 말을 들으니 잘 구운 애플파이가 어쩐지 잿빛으로 바랜 듯한 기분이었습니다. 그것이 만족스럽다는 듯 식탁을 떠나고, 남은 음식을 버린 뒤 설거지를 마쳤습니다. 외출 준비를 하고 현관에 앉아 신발 끈을 묶는데 그것이 덤덤한 표정으로 말했습니다.

"어제 거기로 다시 가면 돼."

멍하니 있다가 어젯밤, 자기가 하는 일이 뭔지 알려주겠다고 했던 것이 떠올랐습니다. 사실은 도서관에 갈 생각이었는데. 뭐에 홀린 건지 그것을 내쫓을 두 번째 기회를 날리고 뒤를 따랐습니다.

해가 높이 뜬 화창한 봄날이었습니다. 사고 현

장에 도착하니 덜 치워진 파편과 바닥에 그어진 흰 선이 눈에 들어왔습니다.

"혹시나 했는데 역시나네."

그것이 중얼댔습니다.

"다 먹고 남은 게 별로 없어……. 아, 있다, 여기. 아주 약간."

그것이 무릎을 굽히고 아직 핏물이 남은 아스팔트에 검지를 찔러 넣었습니다. 쑥 들어간 손가락이 낚시라도 하듯 여기저기 배회하더니, 잠시 뒤 갈고리처럼 굽은 손가락이 바닥을 통과해 달걀노른자만 한 작은 핏덩어리를 낚았습니다.

"됐다."

그것은 조금 진지한 얼굴로 입을 맞추듯 얇은 막을 찢어 그 안에 농축된 즙을 음미하며 빨아들였습니다. 내가 그것에게 차려준 아침을 먹은 방식과는 달리 손에서 입으로, 입에서 목구멍으로 무언가 꿀떡, 하고 넘어갔습니다. 도대체 무슨 일을 한 거냐고 묻기두 전에 그것이 조금 붉어진 입술로 답했습니다.

"죽은 사람의 욕망. 그걸 먹어치우는 거야. 아니면 악질이 되어 인간에게 들러붙거나 죽은 자리에 붙박거든. 도시 미감상 좋은 건 아니라서."

한마디로 그것은 이 도시의 청소부였습니다. 하는 일은 죽은 사람의 욕망을 처리하는 일. 생전에 품었지만 미처 해소하지 못하고 남긴 욕망을 먹어치우는 게 그것의 업이었습니다.

그것은 욕망이 무엇인지에 따라 맛이 다르다는, 이제껏 들어본 적도 없는 순환계의 논리를 차근히 설명해주었습니다. 자신이 방금 먹은 건 갓난아이의 욕망으로, 그 나이대의 욕망이란 자고 싶다거나, 먹고 싶다거나, 싸고 싶다 정도가 전부이기에 매우 단순하고 순수한 맛이라고 하였습니다. 비유하자면 최소한의 소금 간을 한 삶은 양배추 맛이라나요.

욕망은 부정하면 부정할수록 커지기에, 아기의 욕망은 스스로에게 솔직한 만큼 크기가 작다고 하였습니다.

"반대로 어른의 욕망은 사람에 따라 크기도 천차만별이고, 소화시키는 것도 어려워. 어떤 건 거의 그 사람만큼 크다니까?"

이를테면 죽은 어머니의 경우, 자고 싶은 마음, 단걸 먹고 싶은 마음, 사회로의 복귀를 희망하는 마음, 돈을 원하는 마음, 아이가 건강하게 자랐으면 하는 마음, 그만 울고 죽었으면 하는 마음, 사랑하는 마음, 도로 배 속으로 집어넣고 싶은 마음, 결혼 전처럼 다시 여자로서 주목받고 싶은 마음 등 단어 하나만으로는 설명할 수 없는 마음이 커다란 솥에 온갖 재료를 쏟아부은 수프처럼 끓고 있었을 거라고 했습니다. 그러나 바닥에 남은 핏자국과 달리 욕망은 흔적 없이 깨끗하게 치워진 걸 보면 '짝'이 제대로 일을 완수한 거라고 했습니다.

"짝?"

"응. 그 사람을 곁에서 지켜보고 욕망이 뭔지 아는 존재가 거둬 가는 거야."

그럼 너도, 라고 묻기도 전에 그것이 설레설레 고개를 저었습니다.

"난 혼자야."

"왜?"

묻지도 않은 질문을 알아챌 땐 언제고 그것은 대꾸 없이 웃기만 했습니다. 그러더니 하는 말이 욕망 따위보다 단게 낫다나요.

"그게 훨씬 맛이 좋거든."

캐러멜시럽을 듬뿍 뿌린 푸딩, 설탕을 넣은 폭신한 달걀말이, 바닐라아이스크림을 한 스쿱 얹은 애플파이……. 그렇지만 산 사람 음식은 대접받지 않는 이상에야 손댈 수는 없고, 남들과 욕망을 두고 다투는 성격도 아니라 정 배가 고플 땐 오래된 사건 현장으로 간다고 했습니다. 시간이 지나 끈적하게 더께가 쌓인 묵은 욕망. 못 먹을 건 아닌데 대부분은 차라리 굶는 걸 택할 끔찍한 맛의 욕망을, 어떤 면에서 괴식 선호파인 그것은 먹어치운다고 했습니다.

밝은 낮의 공원에는 가족 단위의 방문객이 많았습니다. 나는 이동 트럭에서 사 온 병조림 체리로 정식한 초콜릿과 아몬드가 듬뿍 뿌려진 아이스크림선데이를 벤치 위에 올려두며 물었습니다.
"너 같은 존재들이 먹어치우면…… 성불하는 거야?"
그것은 집중한 얼굴로 선데이의 영혼을 핥으며 답했습니다.
"모르지. 넌 이제껏 네가 먹어치운 고등어의 영혼이 어디로 가는지 생각한 적이 있어?"
요나를 삼킨 고래가 이렇게 말했을까요? 거대한 이를 가진 존재에게 산 채로 짓씹혀지는 기분이었습니다. 저도 모르게 표정을 구기자 그것이 순진해서 잔혹한 아이 같은 표정으로 빙글빙글 웃었습니다.

"그러니까 거울을 잘 봐야 해. 자기 욕망을 안다는 건 자기 얼굴을 아는 것부터 시작하거든."

비유인지 뭔지. 허망할 정도로 아무 의미 없는 소리에 손에 힘이 풀렸습니다. 플라스틱 컵 바깥에 맺힌 물방울. 녹기 시작한 선데이 위로 체리 알갱이가 비치볼처럼 덩그러니 떠 있는 것을 보다, 달콤한 유백색 액체로 꼬이는 개미 떼를 보다, 바닥의 선뜩한 냉기에 끈적한 두 손을 비비며 중얼댔습니다.

"너에게도 짝이 있던 적이 있어?"

"음……."

갑작스러운 질문도 아니었는데 그것이 예상치 못했다는 듯 느리게 답했습니다.

"30년쯤 전에."

그러더니 보이지 않는 건반을 허공에서 두드리는 양 유령 흉내를 냈습니다.

"가끔 영감(靈感)이 있는 아이들이 있거든. 꿈에서 본 일이 현실이 된다든지, 보이지 않아야 할 것이 보인다든지, 전생을 기억하는 아이들도 있고……."

"전생 따위 있을 리가 없잖아. 특별해지고 싶어서 거짓말을 하는 거야."

생각보다 거칠게 나온 말투에 나 자신도 놀랐는데 그것은 킬킬댈 뿐이었습니다.

"뭐, 거짓말하는 애도 분명 있지. 그렇지만 개중엔 진짜로 보이는 애도 있거든…… 너처럼."

페르마타. 그것이 멈춤 신호를 받은 듯 손을 내리며 부드럽게 미소를 지었습니다.

"착한 애였어."

어째서 과거형인 걸까? 이번에도 묻지 않고 대답을 들을 수 있을까 했지만 그것은 나뭇잎 사이로 비치는 햇빛이 자신의 두 손을 통과하는 모습을 신기하다는 듯 보며 딴청을 피울 뿐이었습니다. 나 역시 부스러지는 햇빛에 눈이 부신 척 찡그린 미간을 문질렀습니다. 충동적으로 입이 열린 건, 처음으로 답을 해줄 누군가를 찾았다는 확신이 들었기 때문이었습니다.

"정체가 뭐야?"

아주 오래전부터 궁금했던, 그러나 단 한 번도 묻지 못한 질문이었습니다. 긴장에 어깨가 딱딱하게 굳었습니다. 그것은 뭐라고 답해야 할지 모르겠다는 듯 머리를 긁적이다가 아, 하고 내뱉었습니다.

"말하자면 저런 거야."

그것이 가리킨 건 누군가 버리고 간 어린이 애니메이션 캐릭터 카드의 포장지였습니다.

"포켓몬?"

황당하다는 듯이 묻자 그것이 고개를 젖히고 웃었습니다.

"이름이 그거야? 그럼 포켓몬이라고 불러줘."

"넘어갈 생각하지 말고 진지하게 말해줘."

목소리가 뒤집혀 나왔습니다. 나도 모르게 힘을 주어 꼭 쥔 주먹을 바들바들 떠는데, 잎맥처럼 곤두선 핏줄 위로 선뜩하니 차가운 물 같은 게 닿았습니다. 놀라 아래를 내려다보기도 전에 그것의 손이 아무 일 없었다는 듯 내 손등에서 가볍게 떨어졌습니다.

"그러면 천사라고 해줘. 죽었지, 떠다니지, 그리고 사랑스럽잖아."

희미하게 남은 감촉을 의뭉스러운 태도와 장난기 어린 표정으로 뭉개며 그것이 자리에서 일어났습니다.

"그래서 말인데, 혹시 갈 곳 없는 천사를 하룻밤만 더 재워줄 수 있어?"

함께 있으며 알게 된 것. 천사 역시—이런 말이 가능한지 모르겠지만—도쿄 출신이 아니었습니다. 혹은 단순한 길치거나요. 아침에 나가면 둥둥 내 뒤를 잘도 쫓아오는 듯싶다가도 뒤돌아보면 엉뚱한 방향으로 가고 있거나 어느 날은 자신감 있게 앞서 걷다가 어라? 잠시만, 하고 출발점까지 되돌아오는 일이 왕왕 있었습니다. 단순히 오래된 동네의 골목길이 복잡하기 때문인지도 모르겠습니다만, 보다 보니 이렇게 헐렁한 괴이가 있어도 되나, 주제넘은 걱정을 하게 될 정도였지요.

주제넘은 걱정. 이제 와서 보니 그게 원인이었다는 생각이 드네요. 천사의 뒤를 쫓아다닌 것, 천사가 내 뒤를 쫓아다니게 내버려둔 것.

그땐 몰랐지만 난 천사가 걱정되었습니다. 분명 나보다 오랜 시간을, 어쩌면 수백 년도 더 살았을지 모르는 그가 줄이 끊어진 풍선처럼 안쓰러웠습니다. 그래서 손이 쑥 통과할 걸 알면서 떨어져 걷는 천사를 내 쪽으로 끌어당겼습니다. 환한 낮에도 왼팔이 젖는 느낌을 받으며 바투 붙어 걸었습니다. 그 생경한 감촉. 소름 끼치는 건지, 간지러운 건지, 팔을 빼고 싶은 건지, 맞닿고 싶은 건지, 이대로 걷는 길이 끝나길 원하는 건지, 아닌지. 혼란 속에서 천사의 옆얼굴을 볼 때면 나도 모르게 손을 댈까 봐 두려웠습니다.

    그런 한편 떨어져 있을 땐 꼭 개를 풀어놓은 기분이었어요. 강의실의 맨 뒷자리에 앉아 수업을 듣는 둥 마는 둥 안절부절. 애완도 반려도 되지 못하는 천사에게 방치라는 이름의 낡은 목줄을 걸어둔 주제에 그가 줄을 끊고 도망갈까 겁을 냈습니다. 수업이 끝났을 때 교정에 천사가 없으면 없는 대로, 있으면 있는 대로 곤란하다고 생각하다가 문 밖에 쪼그려 앉은 천사를 볼 때면 불쾌하고 짜증이 났습니다. 넌 왜 그러고 있어? 어차피 나만 볼 수 있는데. 왜 거기서 나를 기다리느냐 말이야. 그러나 천사는 강바닥의 돌이 매 순간 강물과 시간에 씻기듯 물비린내 따윈 풍기지 않는 깨끗한 얼굴로 웃으며 물었습니다.

"안녕? 하루만 더 재워줄 수 있어?"

　누나. 우리 어릴 때 했던 엉뚱한 퀴즈들 기억나요? 무인도에 가져갈 물건 세 가지를 고르면? 평생 한 가지 음식만 먹을 수 있다면? 일어나지도 않을 일들로 조그만 머리통을 맞대고 고민했잖아요. 그때의 질문 다시 한번 할게요. 만일 먹지 않아도 살 수 있게 해주는 알약이 있으면 드시겠어요?
　천사는 미련 없이 예스라고 할 거 같았습니다. 잠깐만, 하고 움푹 팬 가드레일 앞에서, 시든 꽃이 꽂힌 유리병 앞에서 코를 킁킁대다가 그것을 향해 손을 뻗는 천사는 남은 음식을 의무적으로 먹어치우는 얼굴이었습니다. 개똥 같은 욕망. 싸고 남은 찌꺼기를 수거하는 덤덤한 꼴이었습니다. 어쩌면 전부 나의 착각일 수 있습니다. 천사의 장기는 인간과 반대 방향인지 모릅니다. 간은 왼쪽에, 위장은 오른쪽에, 심장이 있는 자리는 텅 비어 있어 천사의 굶주림이란 인간의 굶주림과는 다르고, 허기라는 건 고통이 아닌 평온인지도요.

그러나 나는 점차 나 좋을 대로 생각하게 되었습니다. 괴식가인 그는 단지 살기 위해 사람의 욕망을 빨아들일 뿐이라고. 그래서 내가 인간이라는 사실, 그를 위해 단것을 식탁에 올려둘 수 있는 존재라는 것이 마치 어마어마한 일이라도 되는 양, 그런 일을 할 수 있는 건 오직 나뿐인 듯 안심했습니다.

스푼을 하나 더 놓는 일이 좋았어요. 두 개의 푸딩. 두 개의 크림빵. 두 개의 초콜릿아이스크림과 에클레르를 샀고 커피를 마실 땐 공물 바치듯 각설탕으로 탑을 쌓았습니다. 마주한 빈자리에 포크를 두는 나를 점원이 의아하게 여겨도 참을 수 있었습니다. 천사의 웃는 얼굴. 내게만 보이는 그 얼굴에 기쁨이 묻어 있는 것만으로 어미 새처럼 배가 불렀습니다. 그리고…… 쑥스럽지만 말해야겠죠, 누나. 우리 제일 친한 사이니까.

기이한 미식 투어를 마치고 집에 돌아와 여느 때처럼 씻었습니다. 잘 준비를 마친 천사가 자연스레 발치에 자리를 잡으며 동그랗게 몸을 웅크리는데, 그 모습이 조그맣게 보였습니다. 분명 나보다 큰데 무척 가여웠습니다. 이불을 걷고 충동적으로 불렀습니다.

"이리 와."

"……."

"올라와서 같이 자자고."

천사는 의중을 알 수 없는 눈빛으로 나를 빤히 보았습니다. 연민이 순식간에 사라지고 짜증이 부글부글 끓어넘쳤습니다. 그 팔을 잡아당길 수 없다는 사실이 화가 날 정도로 괴로웠습니다. 손을 마구 휘저어 안개처럼 흩뜨리고 싶었는데, 뜻대로 되지 않아 코끝이 시큰했습니다. 싫으면 말아. 쏘아붙이고 돌아눕는데 조금 있으니 슬며시 등 뒤가 시

려왔습니다. 어떠한 무게도 없이 그저 차가웠습니다. 힐끗 보니 천사는 이불도 덮지 않은 채 가만히 마네킹처럼 누웠을 뿐이었습니다.

"이불 덮지 않아도 돼?"

"개라고 생각해."

"개는 너처럼 차갑지 않아. 너는 너무 축축해."

그 말에 일어나려는 천사를, 잡히지 않는 손을 붙잡았습니다.

"그러지 마, 제발."

단지 허공을 가를 뿐인 내 손을 천사는 어떻게 받아들였을까요. 뜨겁고 건조했을까? 자기의 몸을 기화시키는 불덩어리처럼 느꼈을까? 그래요, 불. 그건 실은 내가 천사의 눈동자에서 본 것이었습니다. 그는 집요함을 숨길 생각을 하지 않았으니까요. 누나. 착각이 아니었어요. 먼저 닿고 싶어 한 건 분명 내가 아닌 그였어요. 그 눈이, 부정할 수 없이 솔직한 눈빛이 수백 년을 쌓아온 말보다 더 많은 걸 말했거든요.

　괜찮냐고, 천사는 묻지 않았습니다. 그런 건 말하기 전에 아는 일이니까. 다만 그는 내가 만져진다는 듯 조심스레 손을 뻗었습니다. 그의 손이 움직이는 방향대로 나의 손도 따라 움직였습니다. 그러나 나는 알았습니다. 내 몸에 닿는 것, 사랑스럽다는 듯이 매만지는 건 분명 그의 손임을. 목덜미에 우수수 돋는 소름. 천천히 쓸어내리는 그의 손길을 느끼며 들어오는 그의 혀가 어린 짐승 같다고 생각하며, 한여름에 차가운 얼음물을 삼키다 녹은 얼음 하나가 쑥 들어오듯, 그렇게 미끄러져 들어온 그를 완전히 녹여버리고 싶었습니다.

　나란히 누워 옆모습을 보며 강의실 앞에서 기다리지 말라고, 그냥 안에 들어와 있으라고 하니 천사가 고개를 저었습니다. 왜냐고 물으니 이런 답이 돌아왔습니다.

"출석할 때 이름을 부르잖아. 그 명단에 들어 있지 않으니까."

그 말을 듣고 오래 품고 있던 약간의 위화감이 질문으로 바뀌었습니다.

"너는 이름이 없어? 아니, 있었던 적은 있어?"

천사가 희미하게 미소를 지었습니다.

"있었구나."

나의 말에 그가 대꾸했습니다.

"지금은 사라졌어. 불러주는 사람이 없어서 나도 잊었어."

이름을 불러준 게 30년 전 그의 짝일 거라는 확신이 들었습니다. 제 표정이 나빴나 봐요. 천사가 웃으며 내 콧등을 툭 쳤습니다. 차가운 젤을 바른 듯 배가 움찔하고 떨렸습니다.

"그럼 네가 다시 지어줘."

지어달라니, 이름을? 그건 불가능하죠. 난 순종적인 개를 키우는 게 아니었는걸요. 지독한 폭군도 꺾이지 않는 충신을 사랑하고, 어린아이도 인형이 제멋대로 살아 숨 쉬길 원하는데 나라고 다를 바가 있겠어요? 난 천사가 그냥…… 천사이길 원했어요. 우리가 서로의 노예나 주인이 아닌 채 순전히 자신의 의지로 서로를 사랑하길 원했어요. 내가, '멀쩡'하지 않은 나루세 군이, 너무 외로운 나머지 미쳐서 나만을 사랑해줄 환상을 만들어낸 게 아니라는 걸 확인받고 싶었어요.

왜 지어줄 수 없냐는 물음에 나는 답하지 않았습니다. 다시 무심하게 뜨거워지고 만 내 목덜미를 만지며 내가 지은 이름으로 널 부르면 네가 정말 나만의 환상이 될 거 같아서 그렇다는 말을 삼켰습니다. 천사는 내 속도 모르고 그저 웃을 뿐이었습니다.

"아니야. 지어줘. 기다릴게."

왜 그렇게 고집이 센 걸까요. 나는 알 수 없는 설움에 뺨을 타고 흐르는 눈물을 내버려두며 잠든 척을 했습니다. 작게 코를 훌쩍이면서 등 뒤에 천사도 잠들지 못하고 나를 빤히 보고 있다는 걸 알면서도 눈치채지 못한 척했습니다.

여기까지 왔네요, 누나. 이제 절반쯤 왔어요. 남은 이야기는 누나가 아는 대로지만, 이젠 괴로운 결말만이 남았을 뿐이지만 그래도 다시 시작해보겠습니다.

그날, 천사와 밤을 보낸 것이 어떤 계기라도 된 듯 사람들의 발이 눈에 띄기 시작했습니다. 신호를 기다릴 때, 승강장 사이가 넓은 지하철에 올라탈 때, 훌쩍 뛰어오르는 누군가의 발이 공중에 떠 있는 걸 보는 일이 점차 늘었습니다. 횡단보도의 흰 줄만 밟는 장난을 치는 그것. 어린아이의 뒤를 따라 인도와 차도 사이의 조그만 턱 위를 둥둥 떠다니는 그것. 그전에도 살아 있지 않은 이들을 자주 보곤 했습니다만, 경우가 달랐어요. 역시 대도시는 대도시라고, 많은 사람들이 모이는 만큼 욕망도, 사건 사고도 많다고 생각하며 내게 보이는 것들을 못 본 체하고 넘겼습니다.

외출은 점점 줄었어요. 두려워서냐고요? 아니요, 내가 원하지 않았기 때문이에요. 문 닫힌 방 안에서 몸이 달아올랐다 식었다가 반복하며 천사와 둘만의 시간을 보냈습니다. 세상 따윈 필요 없이 진공의 방에서 시간이 흐르는 줄 모르고 지내는 것이 즐거웠습니다. 그러다가 우리 둘 다 단게 먹고 싶어지면 한 번씩 밖으로 나갔고 그것만으로 충분했습니다.

하늘은 매일 변하잖아요, 누나. 누나와 자전거를 타고 호즈강 변을 자전거로 달릴 때, 매일 그 강을 보며 질리지 않았던 건 오로지 날씨 덕분이었던 것처럼, 별 볼 일 없는 도쿄 한구석의 좁은 골목길이 내게는 매번 새로웠습니다. 앞서 걷는 천사를 통과해 쏟아지는 빛은 어떻게 그렇게 아름다울 수 있었을까. 나를 찌르지 않는 빛. 두렵지 않은 빛. 낱낱이 드러내는 대신 부드럽게 감싸안는 그 빛을 온몸으로 쬐며 걸을 땐 이대로 영원히 멈추지 않을 수 있길 바랐어요. 그게 내가 바라는 유일한 것이었죠. 그러나 그런 시간은 오래갈 수 없었습니다. 나는 인간이고 인간이 먹고살기 위해서는 돈이 필요했으니까.

…….

누나, 나 정직해지기로 했으니 다 말할게요.

사실 두려워서 그런 시간을 등진 거예요. 이대로라면 평생 '멀쩡한' 인간이 될 수 없을 거라는 예감이 들었으니까.

밀봉되었던 방문을 여닫을 때마다 바깥세상의 공기가 내 방에 침입했습니다. 나는 거기 오염되고, 물들며 빠르게 썩었습니다. 우스운 얘기지만 나는 천사와 있는 것이 너무 행복해서 불안했어요. 회사 가기 싫다, 수업 듣기 싫다, 아르바이트 빼먹고 싶다…… 그렇게 불평불만을 하는 평범한 사람이 되어 '남들처럼' 살아간다는 안심에 내 몸을 맡기고 싶었습니다. 다섯 살에 부모님의 손을 잡고 간 병원에서 자라면 멀쩡해질 거라는 저주가 내려진 뒤로 나는 줄곧 그랬습니다. 남들에게 멀쩡해 보이는 것만큼 내게 중요한 일은 없었습니다. 천사와 있을 땐 세상을 전부 잊은 것 같다가도 혼자 떠드는 것처럼 보이는 나를 힐끔대고 지나가는 사람을 보고 입을 꾹 다물 때면 생각이 났습니다. 내가 나라는 거. 죽음을 부르는 나루세 군, 이라는 나 스스로가 말예요.

점점 말수가 줄어드는 나를 천사는 가만히 보기만 했습니다. 조바심도 없이. 남의 집 개처럼.

아르바이트 면접을 보기 위해 오랜만에 간 시부야역은 무서울 정도로 인파가 많았습니다. 스크램블 교차로에 섰을 때는 어지러움에 제정신을 차리지 못할 정도였습니다. 쏠려 가듯 수많은 사람들과, 그들에게 달라붙은 그것들과, 눈덩이 같은 적갈색의 욕망이 차도며 인도를 가릴 것 없이 쌓여 있는 걸 보니 속이 울렁거렸습니다. 얼른 일만 보고 가자, 마음먹고 다음 신호를 기다리던 참이었습니다. 거대한 광고판에서 초침이 움직이듯 똑딱똑딱, 울려 퍼지는 소음과 함께 길을 건너려다 앞에 있던 사람과 부딪쳤습니다.

"죄송합니다."

반사적으로 고개를 숙이자마자 깨달았습니다. 온몸에서 뜨거운 숨이 새어 나오는 그 존재가 뒤를 돌아보기 전에 눈치챘습니다. 이것은 인간이 아니구나. 거대한 욕망이 마치 터지기 직전의 물풍선처럼 느껴졌습니다. 전염되듯, 곁에 선 것만으로 내 피부로 달라붙는 게 느껴졌습니다. 잡아 먹힌다. 헤드라이트 앞의 짐승처럼 꼼짝할 수 없었습니다. 눈을 감지도 못한 채, 온몸에 그걸 뒤집어쓴다고 생각하는 순간…….

그 일이 일어났습니다. 창백하다지마는, 둥둥 떠 있다지마는 내게는 이제 완전한 소년이기만 하던 천사가 빠르게 움직이더니 내 앞에 선 존재의 등으로 손을 집어넣었습니다. 새어 나오는 비명을 틀어막으며 천사의 손이 등에서 검붉은 덩어리를 서서히 끄집어내는 장면을 보았습니다. 문득 처음 만난 날 천사가 한 말이 떠올랐습니다.

욕망은 부정할수록 커진다.

그렇다면 그 사람은 살아생전 얼마나 자기 자신을 들여다보지 않은 걸까요?

내 눈에만 보이는 피. 내 눈에만 보이는 살아서 펄떡대는 내장. 그 날것을, 달콤한 걸 좋아한다고 말한 천사는 선물받은 케이크를 맨손으로 파 먹는 아이처럼, 나와 함께 단것만 먹은 시간을 보상하기라도 하듯, 손가락과 팔목까지 떨어지는 것을 쭙쭙 핥으며 먹어치웠습니다. 인간이 고래를 집어삼키듯 불가능한 것 같은 일을 보는 것만으로 현기증이 났습니다.

　　스크램블 교차로의 신호가 몇 번이나 바뀌었을까요? 돌아본 천사는 피투성이. 새삼 발견한 날카로운 송곳니를 따라 끈적한 검은 피가 뚝뚝 떨어지고 있었습니다.

　"괜찮아요?"

　　누군가 내게 말을 걸었습니다. 정신을 차려보니 어느새 나는 바닥에 주저앉아 넋을 놓고 있었습니다.

　"병원에 가볼래요?"

　　친절한 이가 손을 잡아 일으켜주며 묻는 동안 천사는 그저 떨어진 곳에서 내 얼굴을 보고 있었습니다. 입 모양이 동그랗게 모아졌다가 벌어졌습니다. 소우. 소란스러움에 귀가 멀어 속을 알 수 없는 표정의 천사가 부른 게 내 이름이라는 걸 뒤늦게 알았습니다.

　"소우."

그것이 천사가 마지막으로 성이 아닌 내 이름을 부른 일이었습니다.

"가고 싶은 곳이 있는데. 함께 가줄 수 있어?"

시부야에 다녀온 뒤로 한동안 데면데면하게 지내던 천사가 부탁한 건 우연찮게도 내가 스무 살이 되던 날 아침이었습니다. 천사가 지도에서 가리킨 곳은 오다큐선을 타고도 한 시간 반 이상 걸리는 곳에 있는 관광지였습니다.

"하코네?"

되묻자 그는 말없이 고개를 끄덕이고 덧붙였습니다.

"그리고 한 가지 더. 옷장에 있는 그거 입어줘."

"……."

"뭔지 알잖아."

빤히 보는 눈에 조종당했습니다. 나는 옷장 깊숙이 넣어둔 누나의 교복을 꺼냈습니다. 떨리는 손으로 팔을 꿰고 치마의 지퍼를 올리고 단추를 채웠습니다. 거울 앞에 서지 않아도 알았습니다. 남의 옷은 남의 옷. 내게 달라붙지 않고 겉돈다는 걸요. 이상하다고 벗으려는 나를 그가 말렸습니다.

"괜찮아. 잘 어울리는걸."

"네 기준에나 그런 거야."

"그럼 됐지. 다른 사람이랑 가는 게 아니라 나랑 가는 거잖아. 정 부끄러우면 가져가서 갈아입어 줘. 그 정도는 해줄 수 있잖아."

그의 고집을 꺾지 못하고 옷을 챙겨 출발했습니다. 신주쿠에서 출발하는 로망스카에 타자 심장이 두근거려, 꼭 경찰에 쫓기는 도망자나 집안의 반대를 무릅쓴 연인이 된 기분이었습니다. 우리는 어쩐지 평소보다 조금 들뜬 기분으로 여행을 즐겼습니다. 샌드위치를 나누어 먹고, 프랑스식 정원을 구경하고, 흔들리는 케이블카에 올라타 유황협곡으로 향했습니다. 도착하기 전부터 지독한 냄새가 풍기더니 어느 순간 발밑에 지옥까지 닿을 거 같은 깊은 골짜기가 보였습니다. 와아. 함께 탄 관광객들은 환호성을 터뜨렸지만, 나는 어쩐지 아무 말도 할 수 없었습니다. 교토에서도, 도쿄에서도 볼 수 없던 낯선 풍경을 보니 여행을 온 게 실감이 났습니다. 내가 있던 곳에서 꽤 멀리 떨어졌다는 사실이 가슴에 묵직하게 와닿았습니다.

관광객과 수학여행을 온 학생들을 따라 점심으로 먹을 검은 달걀을 샀습니다. 왁자지껄하게 떠드는 교복 무리를 보며 한 알 먹으면 수명이 7년은 는다는 삶은 달걀 껍데기를 천천히 벗겨 옆에 두었지만 천사는 손을 대지 않았습니다.

"안 먹어?"

"딱히 수명이 변하는 건 아니라서."

"지겹고 끝내고 싶어?"

가만 보면 표현이 극단적이야, 라며 그는 웃었습니다.

"꼭 그런 것만은 아냐. 사는 재미는 본인이 찾기 마련이니까."

"찾았어?"

"뭘?"

"재미."

"응."

"그게 뭔데?"

"음, 이것저것 아는 게 많아진다는 거."

"이를테면?"

"이를테면 기다리는 게 나쁘지만은 않다는 것도 알게 되고."

무얼, 이냐고 묻지 않은 건 답을 듣지 못할 것 같은 예감이 들었기 때문입니다. 서운함보다 그가 살아왔을 세월, 앞으로 살아가야 하는 세월의 막막함이 더 크게 느껴졌습니다. 그러나 그는 그저 이를 드러내고 아이처럼 히히, 웃을 뿐이었습니다. 모르겠어요. 몇백 년 혹은 몇천 년을 살았을지도 모르는데 어떻게 그렇게 웃을 수 있을까. 잠들 때마다 망각의 베개를 베지 않는다면 결코 지을 수 없는 표정이었어요. 매일 새로 태어나는 아기들의 얼굴을 하나씩 훔쳐 오는 것처럼 티끌 없는 미소였어요. 나는 달걀을 톡 깨뜨려 흠집 하나 없이 희고 깨끗한 속살을 입에 넣었습니다. 목이 메었지만 꾸역꾸역 삼켰습니다.

    달걀을 다 먹은 교복 무리들은 영원히 살 것처럼 기세등등하게 아이스크림을 먹으러 가자고 꺅꺅. 와! 하는 소리에 옆을 돌아보니 어느새 구름이 걷히고 후지산이 선명하게 보였습니다. 셔터 소리를 피해 다시 협곡 쪽으로 걸어갔습니다. 솟아오르는 연기. 울타리를 넘어 둥둥 떠서 협곡 아래를 바라보고 있는 그를 보자니 이곳의 별칭이 지옥계곡이라는 것이 두렵게 느껴졌습니다. 나는 끊어진 실을 당기듯 허망하게 쥔 주먹을 당겼습니다. 내 마음을 읽었는지 그가 다시 내 앞으로 천천히 날아왔습니다.

"여긴 변함이 없네."

중얼거린 말에 전에 와본 적 있냐고 물으니 그는 대답 대신 아이스크림 가게에 줄을 선 학생들을 가리켰습니다.

"난 저 무리 중 하나였을 나루세 군을 생각하고 있었어. 고등학생인 나루세 군."

엉뚱한 소리지만 충분히 답변이 되었습니다. 아마 30년 전에도 그는 지금과 똑같은 얼굴이었을 테지요. 영원히 죽지도, 늙지도 않는 그와 30년 전 유행하던 스타일로 꾸민 촌스러운 얼굴을 한 그의 짝이 나란히 있는 장면이 그려졌습니다. 괜한 질투심에 물었습니다.

"그 애는 친구가 있었어?"

"이곳을 구경할 땐 우리 둘이었어. 그 전에는 비슷한 애들끼리 어울려 다녔지만, 고등학생이 되고도 보이는 건 그 애뿐이었거든."

눈앞에 익히 아는 그림이 그려졌습니다. 유치

한 거짓말이 받아들여지는 건 중학생 때까지. 그 이후로도 '보이는' 사람은 인기인이 아닌 따돌림의 대상이 되는 건 뻔한 일이죠. 결말을 알 것 같지만 물었습니다.

"그 애는 어떻게 됐어?"

곤란하다는 얼굴의 그를 보고 확신했습니다. 둘의 시간은 30년 전의 어느 순간에 멈췄다는 거. 그리고 천사가 기다리고 있는 존재도요.

"여기 다시 오자고 했어."

혼잣말 같은 그 말에 그래? 하고 대꾸하니 천사가 말했습니다.

"응. 달걀을 먹고 난 다음에, 늘어난 수명만큼 시간이 지난 뒤에 오자고 했어."

"30년 전에."

"응. 30년 전에."

천사가 웃으며 덧붙였습니다.

"다 자란 그 애를 보고 싶었거든."

그러나 볼 수 없던 이유가 있었겠지요. 그 애가 무슨 생각을 했던 건지, 그 애의 선택을, 묻지 않아도 충분히 알 것 같았습니다. 다르다는 건 벌을 받는 것과 같은 일. 왜 그래? 이상해. 무슨 소리 하는지 모르겠어. 그런 말들로부터 벗어나는 방법엔 여러 가지가 있으니까요. 그 애는 그중 돌이킬 수 없는 하나를 선택한 것이고요. 누나가 없었다면 나도 그 길을 골랐을지 모르죠. 그렇지만 난 입을 다무는 길을 선택했습니다. 적어도 거짓말하는 건 아니라고, 그런 식으로 나 자신을 속였습니다. 그렇게 하루하루를, 말수는 적어도 평범한 아이로 살다가 그 일과 맞딱뜨린 거예요, 누나.

그날, 이른 아침 가장 먼저 교실의 문을 연 나는 천장에 대롱대롱 목을 매단 시체를 보고 놀라 주저앉았습니다. 그리고 잠시 뒤, 혀를 차는 것으로 가벼운 분노를 억누르며 바닥에서 일어났습니다. 또 괴이의 징그러운 장난이구나. 아무도 없어

내가 놀랐다는 사실을 들키지 않아 다행이라고 생각하며, 그것에 져서는 안 된다는 생각으로 책상에 앉아 노트를 펼쳤습니다. 바람이 불 때면 눈앞에서 흔들리는 두 다리를 무시하며, 내가 무시하고 있다는 걸 보여주기 위해 아무 일도 없다는 듯 수학 문제에 집중했습니다. 그날따라 집중이 잘됐어요. 거의 신들린 것처럼 문제를 풀어나갔죠. 모든 물음이 하나의 답으로 해체되고 반복되는 풀이가 명징함에 도달하려는 그때 누군가 문을 열고 들어왔습니다. 안녕, 하고 고개를 들어 눈인사를 하기도 전에 그 애는 기절했습니다. 반에서 목을 매고 있던 건 괴이가 아니라 인간이었던 거예요. 나는 그걸 무시한 채 수학 문제를 풀고 있었던 거고요.

　죽음은 철저하게 자살이었습니다. 법률적으로 내가 추궁받을 일은 없었지만, 윤리의 인민 재판에선 개정이 선포될 필요도 없이 빠르게 결론이 내려졌습니다. 상종하지 못할 존재. 죽음을 부르는 나루세 군. 그런 평가를 뭐라고 하는 건 아닙니다. 왜냐면 누나, 누나를 빼고는 아무도 나를 모르니까. 보인다는 거. 다른 사람이랑 다르다는 거. 그 사실을 이해하는 건 세상에 누나와 나뿐이었으니까요. 걔들의 눈에는 내가 얼마나…… 얼마나 잔혹해 보였겠어요.

다시 케이블카에 올라탔습니다. 울창한 나무들을 지나 물결이 은접시처럼 반짝반짝 빛나는 호수로 향했습니다. 역과 가까운 항구로 가기 위해 배에 올라타 선글라스를 쓴 관광객들을 피해 구석의 조금 외진 자리에 섰습니다. 일정을 마치고 돌아가는 사람들의 얼굴에는 개운한 아쉬움과 피로가 묻어 있었습니다. 모두 오늘의 여행에 만족하며 역까지 실어다줄 버스에 줄지어 올라탔지만, 천사는 마지막으로 한 군데만 더 들르자고 했습니다. 나는 말없이 그의 뒤를 따라 줄을 벗어났습니다.

서서히 땅거미가 내리기 시작한 길에 돌아다니

는 사람은 없었습니다. 잃을 것도 두려울 것도 없는데 가슴이 빠르게 뛰었습니다. 앞서가던 천사는 온천 여관이 모여 있는 근처 공용 화장실 앞에서 발을 멈췄습니다.

"옷 갈아입어줘."

어쩐지 무력함을 느끼며 칸 안으로 들어갔습니다. 군말 없이 다리에 치마를 꿰었지만 겨드랑이에서부터 힘이 쭉 빠져나가는 기분이 들었습니다. 왠지…… 걸을 수가 없었어요. 간신히 옷을 다 갈아입고 변기에 주저앉자 그가 한쪽 무릎을 꿇은 채 나를 올려다보았습니다. 조용히 내 손 위에 얹은 손은 차가웠지만 부드러웠습니다. 그가 무게 없는 왼손으로 내 허벅지를 짚었습니다. 오른손이 뺨을 향해 닿았고, 떨리는 눈꺼풀을 지나 귀로 도착했습니다. 아기 새를 대하듯 조심스레 내 귀를 만지작대던 그가 머리카락을 넘겨주었습니다.

"나루세 군. 머리카락, 많이 길었네."

나는 웃었습니다. 그가 부르는 내 이름이 마치 누나의 이름처럼 들렸습니다.

"역시 이런 머리가 잘 어울려."

"……."

"가자."

그 말을 듣고서야 오래 기다리던 주인이 온 개처럼 발을 뗄 수 있었습니다. 가로등이 켜지기 직전. 가장 어두운 시간에 우리가 도착한 곳은 유명한 온천 여관이었습니다. 고풍스러운 정문 앞에서 묘하게 기가 죽어 망설이는데 천사는 애초에 거기로 들어갈 생각은 없었다는 듯 자갈돌이 깔린 길옆으로 난 종업원 출입구로 나를 인도했습니다.

구불구불한 나무 울타리는 뒤뜰에 다다르자 뚝 끊겼습니다. 공들여 가꾼 나무들은 바로 오늘 아침에 가지치기를 한 듯 덜 아문 상처에서 풋내를 풍기고 있었고 잉어 두 마리가 이끼 하나 없는 연못에 정물처럼 떠 있었습니다. 장지문 너머로 환한 불을

밝힌 실내의 십자 모양 나무살 사이로 그림자 연극처럼 종종걸음으로 움직이는 사람이 보였습니다. 심장이 쾅쾅 뛰어, 심장 박동이 망치가 되어 못을 박는 것처럼 발이 바닥에 붙었습니다. 오도 가도 못하고 서 있는데 안쪽에서 움직이던 인영 하나가 무릎을 꿇고 앉았습니다. 채 몸을 숨기기도 전에 문이 휙 열리고, 실내등이 내 온몸으로 흠뻑 쏟아졌습니다. 뾰족한 빛. 살을 벗기는 빛. 양동이의 물을 버리려던 남자와 눈이 마주쳤습니다. 마치 벽장에 숨어 있다 들킨 어린아이처럼 무어라 입을 떼기 전, 남자가 공손한 자세로 고개를 숙였습니다.

"손님용 출입구는 저쪽입니다."

그 남자가 누구였는지 누나, 누나도 아시겠지요. 누나가 남긴 편지—미안해, 나 그거 다 읽었어, 그런데 읽기 전부터 알았어요—에 적혀 있었잖아요. 그 남자가 고향으로 도망친 일. 그 사람이잖아요, 누나. 누나의 첫사랑. 달걀을 담아주던 사람. 우리 둘이 심부름을 가면 언제나 그 사람은 내가 아닌 누나의 손에 봉투를 쥐여주며 여자아이처럼 예쁘다고 그랬어요. 대수롭지 않게 넘긴 그 말이, 누나에겐 무엇보다 중요하다는 걸 누나보다 내가 먼저 알았는지 몰라요. 어느 순간 나를 따돌리고 혼자 가던 누나의 얼굴이 환했으니까. 떠오르는 아침 해보다 더. 매일이 변화무쌍하게 빛나고 있었으니까. 다만 내가 알지 못한 건 그런 거예요, 누나. 고작 세 시간 차이인데 누나는 언제 사랑에 대해 알게 된 거예요? 사랑에 목숨을 거는 건 아이의 짓이에요, 어른의 짓이에요? 또 나는 이런 것도 알지 못해요. 나는 무얼 원해서 그 남자를 보러 온 걸까요? 하코네라는 지명을 들었을 때부터 알았으면서, 아무것도 모르는 척 뛰는 심장을 억누르며 여기까지 온 걸까? 아오이, 미안해. 그렇게 말하면서 주저앉는 그 사람을 보고 싶었던 걸까요? 아무리 중학생처럼 보일 때가 있다고 하더라도 여자 옷을 입은 스무 살 남자는 좀 징그러워 보인다는 걸 알면서, 그렇기에 그 차림으로 간 걸까? 그 남자가 버리고 간 걸 보여주려고?

    그런데요, 누나. 누나랑 똑같이 생긴 내가 찾아갔는데도 그 사람은 표정조차 변하지 않더라고요. 기억하지도 못했어요. 아니, 두려워했어. 내 얼굴은 제대로 보지도 않은 채, 누가 오기라도 할 것처럼 주위를 둘러보면서, 여자 옷을 입은 남자를 보았다는 사실 자체에 두려워했어. 그 사람 앞에서 나는 유령이 되었어요. 쫓아내고 싶은 존재가. 그날의 여행에서 제일 후회되는 게 그거예요. 삶은 달걀. 다 먹지 말았어야 했는데. 그거라도 던졌어야 하는데.

    누나. 왜 그렇게 잔인한 사람을 사랑했어요? 마음은 어쩔 수 없는 일이니까? 실은 그렇지만도 않은 거 알잖아요. 사랑해줄 사람을 사랑하는 법을 우린 알고 있잖아요. 그런데 왜 아이처럼 그랬어요? 왜 영원히 아이인 채로 멈춘 거예요? 조금만 더 기다리지 그랬어. 내가 어른이 될 때까지. 그럼 이번에는 내가 누나를 안아줄 수 있었을 텐데. 누나가 그랬던 것처럼 다 괜찮다고 했을 텐데. 이제 이렇게 편지를 썼으니 누나는 알아줄까? 아니요. 누나는 영원히 모를 거예요. 편지라는 건 상대를 향하는 듯하지만 실은 자신에게 쓰는 글이니까. 누나는 이 사실을 언제 알았어요? 그 남자를 향해 남긴 편지를, 몇 개쯤 쓰다 깨달았어요? 나는 이 글을 시작하자마자 알았는데. 누나에게, 라고 적는 순간 바로 알았는데.

    역사에 앉아 막차가 오길 기다렸습니다. 선로를 통과한 밤바람이 머리카락을 쓸어 넘겼습니다. 호리병에 숨을 불어넣는 듯한 산비둘기 울음소리만 들리는 고요한 밤. 가만히 앉아만 있어도 땀이

맺히는 밤. 누나가 죽은 여름이 어느새 다가와 있었습니다. 눈앞의 천사는 여전히 3센티 정도 둥둥 뜬 채 나를 바라보고 있었습니다. 숨기는 것 없이 고백하기 더없이 좋은 밤에 나는 입을 열었습니다.

"내가 외톨이가 된 건 시체를 못 본 척해서가 아냐. 죽은 쌍둥이의 시체가 매달려 있는 걸 모른 척했기 때문이지."

"……."

"그리고 아오이는 그 남자를 사랑했어. 겁쟁이인 것까지 합해서 사랑했어. 아오이는 원래 그런 사람이었으니까."

천사가 머리카락을 넘겨주며 이번에는 내 귀 뒤에 달라붙어 있던 붉은 덩어리를 떼었습니다. 누나가 내게 남기고 간 더께가 떨어졌습니다.

"아직 더 남았어."

그 말에 나는 다시 입을 열었습니다. 힘겹게, 그동안 참았던 말을 뱉었습니다.

"아오이는 내게 누나이고 싶어 했어."

"……."

"형이 아니라, 누나라고 불러주길 원했어."

내게 들러붙어 있던 것이 전부 떨어져 나갔습니다. 아주 진하고 붉은 루비 같은 마음이, 서서히 천사의 입에서 목으로, 그리고 위장으로 들어가 천사의 일부가 되었습니다. 모든 과정을 마친 천사가 두 손을 모았습니다. 정갈하게 식사를 마친 자세로 고개를 숙였습니다. 속을 알 수 없는 미소가 희미하게 입가에 떠올랐습니다.

차임이 울리고 막차가 들어왔습니다. 열차 안으로 들어갔지만 그는 따라오지 않았습니다. 왜냐고 묻기 전에 그가 먼저 입을 뗐습니다.

"나루세 군. 이제 헤어질 시간이야."

멍하니 넋을 놓은 내게 그가 어색하게 덧붙였습니다.

"스무 살 된 거 축하해. 어른이 된 나루세를 보고

싶어서 계속 기다렸어. 오랫동안 이 날을 기다렸어. 그래서…… 떠날 타이밍을 놓쳤어. 여름이 온 걸 모른 척했어."

그게 무슨 소리냐고, 무어라 말하기 전에 그는 손가락으로 반대편 문의 유리창을 가리켰습니다. 거기에 비친 내 모습. 그와 함께 있는 동안 마주하지 않았던 내 모습, 죽은 가지처럼 메마른 채 생명의 불꽃이 꺼져가는 조로한 남자가 물속에 빠진 듯 일렁였습니다.

"거울을 보는 일이 중요하다고 했잖아. 그치?"

그는 웃었습니다. 숨겨왔던 비밀을 들킨 사람처럼 민망함을 숨기려 이를 드러냈습니다.

그런데요, 누나. 나 모르고 있지 않았어요. 천사가 붙은 인간은 곧 죽는다는 거. 청소부는 쓰레기가 있는 곳에 있다는 걸 어떻게 모를 수 있겠어요. 그래도 상관없다고, 다시 그를 끌어안았다면 좋았을 텐데. 이상하죠. 나는 손을 뻗지 않았습니다. 그와 함께하길 바라며 이대로 얼어붙어도 괜찮다고 생각하던 밤과 달리 그저 내 팔을 부여잡았습니다. 그 역시 별다른 말을 하지 않았어요. 슬그머니 뒷짐을 진 나를 보고도 어린애처럼 눈을 가늘게 뜨고 여느 때처럼 히히, 소리 내어 웃다가 입을 뗐습니다.

"잘 선택했어, 나루세 군. 이게 최선이야. 얼마 지나면 금방 나를 잊을 거야."

"……."

"나루세 군은 착한 아이야. 살다 보면 좋은 일이 생길 거야. 반드시 행복해질 거야. 그러니까 서른 살이 되고 마흔 살이 되어야 해. 이번엔 끝까지, 후회 없이 살아야 해."

문이 닫히려는 듯 차임이 울렸습니다. 부러뜨린 커터칼 날을 삼킨 듯 목이 아팠습니다. 무언가에 억눌린 듯 눈물조차 나오지 않았습니다. 묻고 싶은 것도 따지고 싶은 것도 많았지만 내가 할 수 있는 거라곤 하나뿐이었습니다. 때릴 수도, 잡아끌 수도, 끌어안을 수도 없는 천사를 향해 말을 하는 것 뿐이었습니다.

"네 이름은 말야……."

이것이 나의 첫사랑의 전말. 비겁하고 나약한 고백입니다.

물에 손을 오래 담그고 있으면 쪼글쪼글해지는 것과 같은 걸까요. 한동안 누나의 욕망을 달고 산 덕인지 누나의 옷을 입고 거울을 보는 일이 늘었습니다. 그런다고 누나가 되는 것도 아니고, 누군가 나에게 예쁘다고 하는 일도 없는데 방 안에서 그냥 나 자신을 빤히 보고 있습니다. 아직도 그날을 떠올리면 나의 연약함이, 천사를 그냥 보낸 나 자신이 원망스럽지만, 그도 내게 거짓말을 했으니 용서받을 수 있겠죠? 그는 내가 자신을 잊을 거라고 했지만 나는 여전히 기억하고 있으니까요. 신도 운명도 어쩔 수 없는 단 하나의 마음을, 날개도 없고, 흰옷을 입지도 않고, 예언에 실패하는 천사에게. 나는 주었고, 그 텅 빈 자리에 모든 걸 적어놓았으니까요.

그리하여 어른이 된 나는 즐겁습니다. 그를 그리워하는 마음, 만지고 싶은 마음을 참으면서 억누르는 방식으로 키우고 있습니다. 이렇게 커버렸다니, 라고 그가 놀랄 정도로 아주 크게 내 마음을 키워서, 그가 나를 온전히 느끼며 고통스럽게 삼켜주길 바라고 있습니다. 그건 아마 지난 삶을 다시 살듯 익숙하고 그리운 감각일 거예요. 이미 어느 정도는 그 고통을 알고 있기도 하고요. 그와 이별하는 순간 배 속이 다 뜯겼거든요. 텅 빈 껍질만 남아 죽어가는 풍선처럼 다리를 질질 끌며 살고 있거든요.

아, 누나. 도대체 언제가 될까요? 오래전 한 시인의 말처럼 나의 청춘의 분수대가 물 대신 뿜어내는 피를 그가 마시러 오는 날이. 새도, 개도, 동전을 던지러 오는 관광객도 아닌 오로지 그의 목을

적시는 날이. 금방은 아니더라도 멀지만 않았으면 좋겠어요. 너무 오래 기다리게 하지 않았으면 좋겠어요.

내일도 나는 이 세계에서 눈을 뜨겠지요. 그도, 누나도 없는 이곳에서 밤이면 꿈을 꾸고, 아침이면 일어나선 이렇게 편지를 쓰겠지요. 꿈도 기억도 점점 희미해진다는 것이 서럽지만 한편으론 안심도 됩니다. 떠올리려 한다는 것은 잊지 않으려 노력한다는 뜻도 되니까요. 언젠가 누나를 만나게 되면 내가 사랑한 이름을 말씀드릴 수 있겠지요. 그러니까…… 그 전까진 살아볼게요, 누나. 눈을 감으면 아른거리는 맨발이 내 앞에 쑥 하고 나타날 날을 기다리면서.

살아 있다면 언젠가 다시 횡단보도에서 수호천사를 만날 수 있을 거라고 믿으면서.

작업 일기

로맨스를 쓰시겠어요?

얼마 전 인터뷰에서 소유정 평론가가 한 질문이 나를 찌르다 못해 관통하여 여기 적는다. 그는 한 블로그에서 이희주 작가는 사랑에만 관심이 있고 연애에는 관심이 없다는 글을 보았는데, 이것이 나의 소설을 정의하는 문장 같다고 하였다.

    어떻게 생각하세요?

    나는 답했다. 정말 무서웠고 너무 무서워서 안심이 되었습니다.

그러니까 '나'는 다 들키는 거고, 다 들키려고 소설을 쓰는 중이다.

가끔 소설을 쓰면서 남들은 어떻게 이런 자폐적인 행동을 하나 싶다. 다들 좀 끼가 있나? 고등학교 동창 중 같은 유치원을 나온 애는 나를 〈곰돌이 푸〉 비디오만 보던 애로 기억했다. 내가 널 얼마나 사랑했는데. 그때 나 완전 네 시녀였는데 어떻게 그것밖에 할 말이 없냐? 그런데 이게 문제다. 누구랑 주고받지 않고 바싹 조아렸다가 바싹 오만해졌다가 하는 거. 물 온도 못 맞추고 우왕좌왕하는 거. 사랑한다고 해놓고 그 사람이 아니라 '너머'를 보고 있다는 게 다 들통난 것이다. 그렇다. 나는 사실 너무 지친다. 지쳐서 소통할 의사 따위는 없고, 들이붓고 싶고, 처박고 싶고, 얼굴에 뱉고 싶고, 싸버리고 싶다. 그런데 로맨스를 쓰라니? 로맨스는 인내심의 영역 아닌가?

나는 약불로 30분이라고 하면 강불로 5분 데우

고 싶고, 10층에서 1층까지 가야 한다면 발코니에서 뛰어내리고 싶은 사람이다. 정말 사랑하지 않는다면 참거나 양보할 마음도 없다. 그런데 소설은 내가 드물게 사랑한다고 말할 수 있는 것이라, 충동적인 나는 아래의 질문에 왜 예, 라고 답했는지 스스로에게 묻는 위기에 처한 것이다.

로맨스를 쓰시겠어요?

정확히는 퀴어 로맨스. 다행인 건 로맨스에는 시작과 끝이 정해져 있다는 거다. 두 사람이 있다. 사랑에 빠진다. 끝! 시작과 결말이 있으면 중간을 채우는 건 (설령 엉망진창일지라도) 가능하다. 이는 나뿐만 아니라 대다수의 소설가가 할 수 있는 일이다.

퀴어? 이것도 문제가 되지 않았다. 내 작품을 읽어본 적 있는 독자들이라면 알겠지만 내 소설은

대체로 정상성과 불화한다(고 한다). (오은교 평론가의 말을 빌리자면 이희주의 남자들은 전부 시체다.) 독자로서 로맨스를 읽을 때도 마찬가지다. 남자 주인공은 둘째 치고, 대다수의 여자 주인공들은 언제나 나보다 '더' 여자이거나 '덜' 여자이기에 그 초과나 결핍을 견디기 어려웠다. (마음에 드는 이성애 로맨스가 없는 건 아닌데, 대체로 알라딘 판매 지수 100 정도에 컬트로 받아들여지는 작품들이다.) 이런 사람에게 '칙릿' 청탁이 들어왔다면? 생각만 해도 암울하다. 하지만 현명한 정수향 편집자는 내게 퀴어 로맨스를 제안해주었고, 앞에 설명한 근거로 그건 어느 정도 쓸 수 있을 거 같았다. 그러니까, 된다. 어쨌든 된다!의 상태로 나는 기다렸다. 마음속에 로맨스가 차오르기를.

그런데 마감 일자가 다가와도 도무지 손이 움직이지 않는 거다. 범인은 지금까지 이고 지고 살았던 '이희주'라는 이름이었다. 걔는 지금까지 미친 사랑만 써왔(다고들 하)는데 어떻게 로맨스를 쓴단 말인가? 게다가 '이희주 소설 뭔 소린지 모르겠음' 말고 '이희주는 천재다'라고 해주는 다섯 명의 독자를 생각하니 더 그랬다. 걔들은 진짜 까다로운 독자인데, 도대체 그들이 납득할 만한 퀴어 로맨스를 어떻게 쓴단 말인가. 어깨에 힘을 뺐으면 쉬웠을까? 그런데 잘 안 빠졌다. 잘하고 싶었고 잘해야 했다. 그게 다섯 명을 향한 나의 사랑을 증명하는 길이었기에 그랬다.

안타까운 건 내가 객관적으로나 주관적으로나 최악의 상태에 빠져 있었다는 것이다. 장편 작업을 마치고 나면 한동안은 깊은 울(鬱)의 상태가 되는데, 이번엔 유독 헤어 나오는 데 오랜 시간이 걸렸다. 거의 넉 달 정도 아무것도 읽고 쓰지 못했고, 단지 출근했다가 나의 천사들(최애 아이돌 그룹)을 보고, 다시 출근하는 일만 반복했다. 죽음 같은 상태. 근데 그래야 했다. 일단 선인세를 받았고, 나의 천사들은 인간이라 걔들을 보려면 살아 있어야 했다. 이럴 때 회피형 인간이 할 수 있는 방법은 세 가지다.

  1. 머리를 조아리며 죽음으로 사죄한다. → 천사를 볼 수 없게 되니 기각.

  2. 선인세를 반납한다. → 돈이라는 게 다 낙장불입 아니겠어요?

  3. 어떻게든 쓴다.

선택의 갈래에서 이번에는 '이희주'라는 이름이 힘을 냈다. 이희주는 펑크를 낸 적이 없는 작가고 이희주는 나다. 귀납적추론을 내리자면 나=펑크 안 내는 작가. 야, 너두 할 수 있어. 진짜? 응, 진짜 할 수 있어……. 거울을 보고 중얼거리다가…… 도쿄에 갔다. 거기 가면 뭐라도 할 수 있을까 싶어서.

물론 계획은 없었다. 무작정 나가 걷다가 배고프면 먹고 힘들면 쉬었다. 하루는 기타노 다케시의 영화 〈그 남자, 흉폭하다〉에 등장한 고난대교를

구경 갔다가 패밀리레스토랑에서 프렌치토스트를 먹고 키디랜드에 들러 요요기공원에 갔다. 그때가 오후 2시. 그러고 나니 진짜 할 게 없었다. 오래 읽고 쓰지 못한 상태였으니 책도 가져가지 않았다. 빈손으로 앉아만 있으려니 정말 지루했다. 하다못해 누워서 낮잠이라도 잘까 생각했는데 폭력적인 공원은 전부 벤치 한가운데에 팔받침대를 떡하니 심어둔 상태였다. 그래서 나는 그만 너무 지루한 나머지 고등학교 야자실에서나 했던 일을 했다. 11시 30분까지 엉덩이 붙이고 앉아 있어야 하던 그때, 내가 머리를 처박고 도망쳤던 사랑의 세계로 탈출했다. 그 세계의 이름은 다음과 같다.

POSTYPE.

*

말할 필요도 없이 팬픽은 위대한 로맨스다. 실

존 인물의 구현도와 만들어낸 캐릭터 사이의 거리감이라든지 여러모로 고려해야 할 것들이 많지만, 기본적으로 두 인물의 사랑만 있으면 나머지는 자유롭다. 나는 팬픽에 핑크영화 같은 가능성이 있다고 믿는데 두 사람이 사귀기만 하면, 나머지는 넉넉한 마음의 독자들이 받아들여주는 (이론적으로는) 매우 이상적인 세계이기 때문이다.

덧붙여 나는 세간의 통념과 달리 팬픽이 윤리적인 장이 될 수 있다는 입장을 견지하는 편이다. 거칠게 말하자면 죽이고 싶을 정도로 사랑하는 마음을 없앨 수 없다면 숙소 앞에 죽치는 것보다 종이 위에서 대상화하는 편이 훨씬 나은 접근처럼 느껴진다……는 건 지금 와서 하는 그럴싸한 변명이고, 그 당시엔 그냥 읽고 싶었다. 그래서 읽었다.

그리고 정말이지, 저의 심장은 뜯겼습니다.

가끔 나는 내가 작가 친구를 잘 못 사귀는 게 질투가 심하기 때문은 아닐까 하고 생각한다. 잘 쓰는 사람, 잘 풀리는 사람, 아무튼 내가 아닌 다른 누군가가 너무너무 부럽다! 아주 질투가 나서 가끔 원한에 이를 득득 가는 때도 있는데, 정말 압도하는 세계에 들어가보니 그냥 무릎을 꿇게 되었다. 그깟 알량한 질투 따윈 먹히지 않는달까? 세상에 내가 좋아하는 남자애들이 있는데 그 남자애들이 텍스트 안에 매우 아름답게 살아 숨 쉬고 있고, (어떤 건 그 애들을 녹여 만든 에밀레종의 소리를 듣는 것처럼 음성이 재생된다.) 작가님들이 그걸 최선을 다해 쓰고, 게다가 무료고? 이게 말이 되는 일인지는 모르겠는데 그냥…… 정말 감사했다. 세상에 팬픽이라는 게 존재해줘서. 그것을 읽을 수 있어서 정말 감사했다. 나는 지구인에게, 땅, 불, 바람, 하늘에게 감사의 인사를 전했다. 고마워, 고맙습니다. 정말 감사해요. 아리가또 고자이마스……. 그리고 나는 너무 좋으면 그걸 이해하고 싶어 꼭 따라 해본다. 그 탓에 여전히 캐피탈이나 베이프에 눈 돌아가고, 자주 모자를 거꾸로 뒤집어쓴다. 그렇다고 남자 아이돌이 될 수는 없었지만 글을 쓰는 거? 그거는 가능했다. 한국말 할 줄 알지, 의무교육 받았지, 무려 하늘 같은 문학동네에서 등단도 하지 않았던가? 그리고 할 수 있으면 해야 한다.

 그래서 팬픽을 썼다.

 결과만 말하면 엄청난 경험이었습니다. 물론 첫술에 배부를 수는 없었지만 그래도 좋았다. (남의 심장을 반죽하는 그 천재들처럼 쓰기 위해서는 정말 엄청난 노력이 필요한 것이다. ㅠㅠ)

 일단 나는 내 얘기에 굶주린 독자라는 존재를 처음 보았다. 글을 올린 건 휴일이 끝나는 날, 자정에 가까운 시간이었다. 그런데도 업로드를 하자마자 조회수 2, 하트 2, 구독자 2명이 되었다는 알람이 떴다. 보지도 않고 나(라기보단 특정 커플링)를 기다린 사람들. 이미 열렬히 사랑할 준비를 마친 이들을 보자 나는 실은 내가 오랫동안 원한 것이 이렇게 살아 있는 인간의 사랑이라는 걸 깨달았다. 그에 비하면 내가 만든 인간들과의 사랑은 거울에 대고 입김을 쐬는 것과 다를 바 없었다. (냄새나고 축축했다는 뜻.)

나는 태어나 처음 쥔 엄청난 권능에 몸을 부르르 떨었다. 비록 하트를 누른 건 두 명이었지만, 그 둘은 초판 부수 2000명의 독자보다 더 내 글을 필요로 하는 존재였다. 그래서 그 숫자가 엄청나게 실존적으로(?) 다가왔다. 그리고 그들에게 무언가를 줄 수 있었다는 거, 내가, 모든 것이 바닥나서, 누군가에게 무얼 주려고 끌어모으면 손톱에 피만 닥닥 긁혀 나오는 내가, 주는 사람도 될 수 있다는 단순한 사실에 압도되었다. 베푸는 사랑의 맛을 알게 되었고 그게 좋았다. 정말 좋았다.

덧붙여 (안 팔리는 주제에 이런 말 하기 머쓱하지만) 좁은 의미의 '한국 문단'에서 벗어나 어떤 명예와 가치로 환산되지 않는 쓰기 활동을 하는 것에는 분명한 자유로움이 있었다. 반복해서 말했듯, 이만큼 글을 쓰면 좋건 싫건 '이희주'라는 딱지가 붙는데 그걸 벗으니 아주 개운했다. (이래서 계급장 떼고 맞다이 뜨자는 말이 나온 걸까?) 승패를 떠나 독자들이 말초적으로 좋고 나쁨을 판단하는 필드에 섰다는 것만으로 웃음이 났다. 그랬다. 이 나이를 먹고서야 나는 내가 하고 싶었던 것이 싸움이었다는 걸 깨달은 것이다. 다 패버리고 싶다며 달려들었다가 존나 처맞기도 했지만, 어쨌든 나는 실존하고 있었다. 필드 안에 맨몸으로 서 있었고 그런 나 자신이 자랑스러웠다. 그건 어떤 꾸미는 말로도 설명 불가능한 감각이었다. 살아 있다는 감각이었다.

나는 여세를 몰아 이때의 개운함을 '로맨스 쓰기'까지 밀고 가기로 했다. 이때의 개운함은 내용이나 형식에서 비롯한 것이 아니다. 오래된 장르에는 내부인들만의 철저한 규칙이 있었고, 퀴어라는 것 또한 일종의 속박이다. (나는 다섯 명의 독자들만큼 까다로운 이들을 본 적이 없다!) 그럼에도 내가 자유를 느낀 건 형식이 아닌 나의 태도에서였다.

내가 사랑 얘기를 쓰는 것에 반해 덜 무시당한 건(적어도 내가 그렇게 느낀 건) 내가 쓰는 게 '미친 여자의 사랑'이기 때문이다. 시시한 여자의 시시한 사랑 얘기는 느끼한 비웃음거리인데 미친 여자는 무서워서 다들 피한다. 이로 인한 낮은 판매량이 뭔가 문학적 진정성(?)을 증명하고 내 나름대로도 나의 사랑을 '문학'의 안으로 포섭시키려는 노력이 있었기에 지금껏 계약을 이어가며 써왔다. 그러다 보니까 우습게도 이 '미친 여자'가 어느 순간 '선생님'이 되어버린 거다. 내가 비평의 대상이 되지 못하거나 상을 받지 못하거나와 상관없이 대형 출판사와 계약을 맺고 책을 내면서 그렇게 됐다. (당장 이 글만 해도 그렇다. 우리 중 그 누가 교보문고와 일을 하며 안 물어봤고 안 궁금한 책을

간행할 수 있는 기회를 얻겠는가?)

　그런데 로맨스를 쓸 땐 '이희주' 따위는 중요하지 않았다. 쓰잘 데 없는 거 다 버려도 상관없었다. 고고한 척하지 않아도 되는 자리. 그냥 막 뒹구는 자리. 나는 새삼 그곳이 내가 소설 쓰기를 시작할 때 있던 자리였고, 실은 있고 싶은 자리라는 걸 깨달았다. 한없이 비참해지는 자리. 아무것도 아닌 게 되는 자리. 지금은 선생님 소리를 듣고, 적게나마 돈을 받고 글을 쓰고, 어디가 장당 얼마니, 하는 이야기를 들으면 야, 너무한 거 아냐? 그걸로 어떻게 먹고살아, 라며 분통을 터뜨리지만, 진짜 좋아서, 다른 사람 신경 안 쓰고, 돈 한 푼 안 받고 글을 쓰니 너무 즐거웠다. '나는 좋아서 썼고 사람들은 좋아서 읽었다.' 이 한 문장에서 오는 완전함이 있었다.

　(노파심에 덧붙이자면 이 문장이 어떠한 예술 활동의 순수성을 증명하는 걸로 환원되지 않길 간

절히 희망한다. 돈은 진짜 중요하다! 이 말을 하는 것 자체가 피곤할 정도로 나는 돈에 대해 자주 생각한다. 만일 내가 도망친 곳이 새벽에 저가 항공을 타고 간 도쿄 외곽이 아니라 지중해의 호화 유람선이었다면 굳이 팬픽을 썼을까? 그런 동시에 가난뱅이가 돈이 아닌 다른 행복을 발견할 수 있다는 것도 새삼스러울 거 없는 사실이다. 내가 게워서 내가 먹는 자작 활동으로도 행복은 생긴다. 사랑도 생긴다.)

아무튼 이런 창작 경험을 바탕으로 로맨스를 썼다. 머리로 고민은 좀 했어도 손으로는 가볍게 썼다. 늘 그렇지만 쓰기란 자유와 제어라는 두 마리 말의 고삐를 조정하며 천천히 목적지까지 도달하는 과정인데, 이번에는 평소와 다른 방식으로 쥐어 염려되기도 했다. 도쿄라는 영토를 목적지로 삼은 덴 이런 이유가 있다. 내가 완전히 모르지 않으면서 동시에 타자의 도시라는 걸 피부로 느끼는 곳. 편하지도, 불편하지도 않은 은근한 거리감과 매 순간 아무 말 없이 타인의 눈을 쳐다보는 거 같은 기이한 긴장감이 뿜어져 나오는 장소가 도쿄이기에 인물들이 거기에 있을 필요가 있었다.

그렇게 소년 같은 천사와 소녀 유령과 소년이 나오는 이야기를 출력했다. 꼭 비극으로 끝냈어야 했을까? 행복한 이야기가 낫지 않았을까? (난 이 기획을 위해 두 편을 썼고 이건 선택받은 글이다.) 이 글을 쓰는 지금도 확신이 안 서고 무엇보다 아오이가 남기고 간 욕망이 밝혀지는 대목이 어떠한 반전처럼 느껴질 것 같아 이 부분이 가장 염려가 된다. (쓰는 나의 입장에선 처음부터 여자애였고 앞으로도 그럴 테지만 내 생각 따위 알게 뭔가?) 여러 가지 후회도 되고, 반성도 되어서 앞으로 로맨스를 많이 쓰기로 했다. 많이 쓰면 그걸 다 읽는 사람은 없을 테고, 그럼 후진 건 저절로 탈락하여 잊힐 것이다. 나중엔 아주 잘 쓴 한두 작품만 기억되어 그 작가 소설 좋지, 이렇게 생각될 것이다.

 잘하고 싶다. 늘 그랬지만 이번 일을 지나며 진심으로 그렇게 생각하게 되었다. 사람의 심장에 손을 넣어 마구 주무르고 싶다. 그런 작품을 만들고 싶은 욕심이 내게 생겼고, 그걸 위해 충실하게 살겠다는 다짐이 들었다. (사실 이 작업 일기의 후반부를 쓰는 시점에 이미 두 편의 팬픽을 더 썼다. 나흘 동안 두 편, 각각 120매씩 4시 반에 일어나 출근 전에 썼다.) (그렇다! 나는 사랑을 하고 있다! 못 참고 토를 했다!)

 미래에 되돌아보았을 때 2024년의 이희주는 무엇으로 기억될까? 일단 장편소설 『나의 천사』(민음사, 2024)를 냈고, 단편을 발표했고, 여러 행사에 참여했고, 잡지에 짧은 글을 실었고…… 그런 것이 남겠지. 별일이 없다면 그 정도가 끝.

 그러나 좀 더 내밀한 공간에서 나는 아주 집중해서 공적 기록에는 남지 않을 글을 썼고 행복한 시간을 보냈다. 그런 식으로 보이지 않는 독자들과, 나를 절절히 원하는 사람들과 사랑을 주고받았다. 로맨스는 아닌지 몰라도 분명 사랑을.

    그리고 그건 나의 특기다.

**횡단보도에서 수호천사를
만나 사랑에 빠진 이야기**

초판 1쇄 발행 2024년 9월 26일

지은이 이희주

펴낸이 안병현 김상훈
본부장 이승은　총괄 박동옥　편집장 박윤희
책임편집 정수항 김정은
마케팅 신대섭 배태욱 김수연 김하은　제작 조화연

펴낸곳 주식회사 교보문고
등록 제406-2008-000090호(2008년 12월 5일)
주소 경기도 파주시 문발로 249
전화 대표전화 1544-1900　주문 02)3156-3665　팩스 0502)987-5725

ISBN 979-11-7061-184-4 (04810)
　　　979-11-7061-151-6 (세트)
책값은 표지에 있습니다.

• 이 책의 내용에 대한 재사용은 저작권자와 교보문고의 서면 동의를 받아야만 가능합니다.
• 잘못된 책은 구입하신 곳에서 바꾸어 드립니다.
• '북다'는 기존 질서에 얽매임 없이 다양하게 변주된 책을 만드는 종합 출판 브랜드입니다.